中国诗人

焦元 著

FENG
风
YA
雅
JI
集

春风文艺出版社
·沈 阳·

## 图书在版编目（CIP）数据

风雅集 / 焦元著 . — 沈阳：春风文艺出版社，2023.12
（中国诗人）
ISBN 978-7-5313-6595-2

Ⅰ.①风… Ⅱ.①焦… Ⅲ.①古体诗—诗集—中国—当代 Ⅳ.①I227.7

中国国家版本馆CIP数据核字（2023）第247768号

春风文艺出版社出版发行
沈阳市和平区十一纬路25号　邮编：110003
辽宁新华印务有限公司印刷

| | |
|---|---|
| 责任编辑：仪德明 | 助理编辑：余　丹 |
| 责任校对：张华伟 | 印制统筹：刘　成 |
| 封面设计：琥珀视觉 | 幅面尺寸：125mm × 195mm |
| 字　　数：80千字 | 印　　张：5 |
| 版　　次：2023年12月第1版 | 印　　次：2023年12月第1次 |
| 书　　号：ISBN 978-7-5313-6595-2 | 定　　价：42.00元 |

版权专有　侵权必究　举报电话：024-23284391
如有质量问题，请拨打电话：024-23284384

## 目　　录
CONTENTS

| | |
|---|---|
| 伊人 | /1 |
| 将声曲 | /2 |
| 五字曲 | /3 |
| 千般望 | /4 |
| 君入梦 | /5 |
| 谪仙叹 | /6 |
| 江月·人间 | /7 |
| 圣人行 | /8 |
| 诗赋曲 | /9 |
| 杂诗（一） | /10 |
| 千行步赋 | /11 |
| 朗桥拙步 | /12 |
| 坚毅歌 | /13 |
| 江南景 | /14 |
| 序言 | /15 |
| 梦欢颜 | /16 |
| 波定桥楼 | /17 |
| 别离时 | /18 |

# 目 录
CONTENTS

| | |
|---|---|
| 独坐居亭二月四 | /19 |
| 题诗行 | /20 |
| 梦中思 | /21 |
| 古今谈笑 | /22 |
| 白云赋 | /23 |
| 仙人曲 | /24 |
| 无题（一） | /25 |
| 年少志 | /26 |
| 红梅赠 | /27 |
| 骄子玉 | /28 |
| 青解 | /29 |
| 阴阳道 | /30 |
| 登山游记 | /31 |
| 临海观玩 | /32 |
| 梦回赋 | /33 |
| 论佳人登 | /34 |
| 未央·月 | /35 |
| 落景新城归乡 | /36 |

# 目 录
CONTENTS

| | |
|---|---|
| 入夜宅家亭思 | / 37 |
| 回乡书 | / 38 |
| 杂诗（二） | / 39 |
| 山中听鸟悦溅 | / 40 |
| 思乡 | / 41 |
| 梦回依少 | / 42 |
| 古调叹 | / 43 |
| 杂诗（三） | / 44 |
| 桂江临别依景 | / 45 |
| 中兴晚赋 | / 46 |
| 韶华过江月·独听 | / 47 |
| 风月无边 | / 48 |
| 杂诗（四） | / 49 |
| 随笔录 | / 50 |
| 雨后江月诗 | / 51 |
| 题画诗 | / 52 |
| 杂诗（五） | / 53 |
| 杂诗闲谈 | / 54 |

# 目　录
CONTENTS

| | |
|---|---|
| 浮生 | / 55 |
| 分别・入景题词 | / 56 |
| 几宫怀古・江河赋 | / 57 |
| 江畔行・早出 | / 58 |
| 雅子赋 | / 59 |
| 江山归赋 | / 60 |
| 故乡河边游 | / 61 |
| 看图题诗 | / 62 |
| 题词 | / 63 |
| 国之语 | / 64 |
| 千湖亭抒怀 | / 65 |
| 赠友人书 | / 66 |
| 别语 | / 67 |
| 现代诗（一） | / 68 |
| 游子 | / 69 |
| 小香追梦 | / 70 |
| 倚亭之作 | / 71 |
| 女子赋 | / 72 |

# 目 录
CONTENTS

| 友人问笑 | /73 |
| 大同 | /74 |
| 现代诗（二） | /75 |
| 忆南方作 | /76 |
| 行人路途许 | /77 |
| 世纪论 | /78 |
| 述生日书 | /79 |
| 轩辕赋 | /80 |
| 展月 | /81 |
| 江南苑 | /82 |
| 喻江亭 | /83 |
| 记随想 | /84 |
| 君子篇 | /85 |
| 空 | /86 |
| 匹夫篇 | /87 |
| 君子为 | /88 |
| 少年客 | /89 |
| 归客亭记 | /90 |

# 目　录
CONTENTS

| | |
|---|---|
| 大河之北 | / 91 |
| 清平·小调 | / 92 |
| 追圣·思忆 | / 93 |
| 人生 | / 94 |
| 唐国篇 | / 95 |
| 佳人还 | / 96 |
| 珍宝·奇 | / 97 |
| 相思吟 | / 98 |
| 君子伴 | / 99 |
| 记夕阳亭下题 | / 100 |
| 无题（二） | / 101 |
| 天地赋 | / 102 |
| 解意·万物 | / 103 |
| 六月二十日雨夜芭蕉 | / 104 |
| 持定·恭戒 | / 105 |
| 似锦篇 | / 106 |
| 四字真言 | / 107 |
| 离思 | / 108 |

# 目　录
CONTENTS

| | |
|---|---|
| 墨，法，释·合同道 | / 109 |
| 通鉴（一） | / 110 |
| 通鉴（二） | / 111 |
| 杂谈 | / 112 |
| 苍璧·松月 | / 113 |
| 通鉴（三） | / 114 |
| 杂诗（六） | / 115 |
| 序语 | / 116 |
| 香道 | / 117 |
| 青云上·归泽 | / 118 |
| 哲语（一） | / 119 |
| 古风·美人颂 | / 120 |
| 和同之梦 | / 121 |
| 杂诗（七） | / 122 |
| 治之功用 | / 123 |
| 哲语（二） | / 124 |
| 哲语（三） | / 126 |
| 安乐求同 | / 128 |

# 目　录
CONTENTS

| | |
|---|---|
| 举江·归燕 | /129 |
| 故炊野行 | /130 |
| 空谷 | /131 |
| 修身篇 | /132 |
| 哲语（四） | /133 |
| 哲语（五） | /134 |
| 道记 | /135 |
| 哲语（六） | /136 |
| 君子记（一） | /137 |
| 君子记（二） | /138 |
| 君子记（三） | /139 |
| 君子·合德而成 | /140 |
| 云隐·清风 | /141 |
| 古梦千年·离月 | /142 |
| 训言（一） | /143 |
| 训言（二） | /144 |
| 江畔月遥 | /145 |
| 杂言 | /146 |

# 目录
CONTENTS

江阴之韵　　　　　　　　　　/ 147
瘦马曲　　　　　　　　　　　/ 148
贤语　　　　　　　　　　　　/ 149
青龙　　　　　　　　　　　　/ 150

# 伊人

请伊入鉴

飞仙他蝶

有祖之鉴

亲亲为言

但求相依

怎堪离别

无以为告

有梦欢颜

## 将声曲

逢昔笑笑为谁寒
我心沉定如九旒
他日犹若尘为土
与天长啸入史丹

## 五字曲

山河明月碎
但使空人来
怎叫天外望
独坐云上闲

## 千般望

小桥独破千般水
曾许人间第一流
九天宫阙相对昔
几入青海到天游

## 君入梦

行俊天时

非君入梦

但为相识

天上人间

## 谪仙叹

轻舟雪叹喝长眠
坐卧惊怀诗翩翩
游似天地何尘在
风流云散一谪仙

## 江月·人间

翩然熠熠人间月

惊才绝艳水中仙

九天宫銮江盼月

一曲孤鸣入人间

# 圣人行

当作天地之师

受人世之表率

为世间之大成

游天河之遥梦

## 诗赋曲

诗能乘风月

将而泣鬼神

忽为斩天律

尽端凌宇轩

## 杂诗（一）

朝夕千古

流若芳云

万步独亭

千般并茂

水乡台榭

客运独舟

气蒸云泽

波撼太清

## 千行步赋

晨谈诗客无思蜀

万岭高许独空人

感怀天地苍间许

一片诗海入梦来

## 朗桥拙步

朝夕相对绿朗桥

沉覃思过楚萧遥

千打雨亭风又起

只相清幽画梦尧

## 坚毅歌

难知旧梦千锤炼
踏觅新途多曲艰
山涧平野江风入
一悠水和月上闲

## 江南景

江南有景人趣闲

坐看风亭起云间

飞花漫舞千秋色

韵入兰章唱盛年

## 序言

成卓皆盼
幽幽独行
福泽并茂
祉猷见春

## 梦欢颜

千打竹朗欲还言

竹亭归入赏云天

一曲风波千般念

一朝君似梦中闲

## 波定桥楼

海风吹不断
江月照还空
坐等闲情时
笑看云天月

## 别离时

离别相随空坐叹
九天黄鹤一消烟
独台到老相思近
几别身后梦仙来

## 独坐居亭二月四

今日独坐乾坤地

踏遍山河千丈游

流云悲起仙外客

一生烟雨论红尘

## 题诗行

千打花蕉雨打黄

最是沉沦荷上霜

一曲千情红尘过

只消风雨换新装

## 梦中思

绿贯天河尤似梦

钟山客宴相尽欢

相思只为别离客

坐当回首望河川

## 古今谈笑

怎论佳人何处笑
夜游话来古今谈
良辰好景自当时
清风长夜盼家还

## 白云赋

山间惊白云
水涧自西流
光阴不复见
尔独未可求
长生忧患内
自诩向白头
请君一别后
回首当何忧

## 仙人曲

胜闻君子独爱莲

我心向志何其坚

箫台独坐难寄下

只入人间不得闲

## 无题（一）

独目爱仁
性达于世
天富别意
却思欣予

## 年少志

月下独酌空畅饮

九州回台一钟声

若非昔时年少志

怎与青台会上时

## 红梅赠

千里尤记相思属

万里鹏程月回行

簪花不知身赋雪

九曲孤独带红香

## 骄子玉

独揽青怀千胜月
林笼乡愁万语情
雨尘骄子世间客
雨夜风霜忆别离

## 青解

天生思情事
万古流长青
当门关山月
故人不堪闲

# 阴阳道

是故天辰律

独自定黄昏

重归阴墟里

万物皆肃清

## 登山游记

登高远眺重山叠

平潭虚望寰宇间

流霞遮蔽云深处

只看闲亭入云烟

## 临海观玩

江河涛尽临海流

万般情韵几时休

海阔辽广天地见

一曲幽潭照何州

## 梦回赋

雨中经论独身客
大海风卷云归射
千年古刹身后梦
唯有江河箫自愁

## 论佳人登

论古惜今年少狂
雨浥青山过他乡
旧时唐梦三千水
只待佳人遇和昌

## 未央·月

醉卧君怀夜未央
愁点心绪月回肠
思君犹在萧瑟下
独徘青玉梦中行

## 落景新城归乡

闻景新城绿

别后复何乡

冬枝潇湘月

流影惊色双

待目及时去

游员归入江

愿闻千山峻

此中是华霜

## 入夜宅家亭思

入夜定心闲
闻车起寺见
清流如有意
呼朋伴相言
临高眺望远
思语灯火先
迢迢相忆里
归去一世间

## 回乡书

青青荷上霜
九江入回塘
待陌风尘定
几曲思悠乡
少时旧梦里
别来几回殇
但愿人相见
酒曲忆衷肠

# 杂诗（二）

风源几万里
对酒把清欢
笑看风云起
孤目揽江山
人生谁无苦
由来自古端
佳人何自弃
只生复华銮
朝夕一相暮
万载驰此安

## 山中听鸟悦溅

极目有鸟处

曲喧半人哀

回语秋亭树

娟娟故人还

香风起似月

独梦天河拴

小将回一处

天月如相盼

## 思乡

青目有华思乡月
半度人伤结玉乾
远游临海遥相望
日月同州青客烟

## 梦回依少

杨柳依河半香月
春风一度照还颜
佳期如梦酒中客
只等青云需少贤

## 古调叹

千年兆祥亦兆魂

百年独钓风遇尘

最是长龙相归去

端坐闲台思古恒

## 杂诗（三）

高山不入海，眷户垂阴闲

伊人会无期，韶梦去朝颜

顾盼青云上，将独思齐贤

长亭萧瑟艳，登台逐欢颜

我愿执此心，百年复相言

将思入明堂，美贻积芳草

而并黛忘与，繁华将并茂

秋霜相悴之，君依归年少

云中何除秽，陈栏喻可雕

载离冬季下，千仞易步涛

今我同袍愿，倾似入天骄

## 桂江临别依景

平江客舟

野时青莲

徒步怡然

潇湘似月

依势俯染

陈别周谢

昔景带运

入目三渐

阔江边岸

今也未收

思下贤然

抵我相悠

## 中兴晚赋

史正中兴定

只此弱华年

一度千层月

百年护江回

## 韶华过江月·独听

只住朝夕清流许

鹤郦华年逾此生

千帆过尽人销迹

曲景风流忆楚光

## 风月无边

平江静楼风对月
清宵余哀雁独行
徐是当景何处去
醉看斜阳映河殇

# 杂诗(四)

长风皓月时

极目望河川

上下求索是

苦颜虑其欢

大道归心定

九章空弹川

未露朝夕去

乾梦各何憨

## 随笔录

今复朝阳定

斜伫归明州

听罢山曲水

渡远客如收

箫带远边月

琴筝纠梦愁

曾忆江南水

独怜见航舟

## 雨后江月诗

雨罢河悠独印秋
江风遇景似何柔
晓梦独然天上水
一曲江阴寻梦求

## 题画诗

平江客问好

各到古先庐

题诗作画壁

千金亦难求

# 杂诗（五）

好运借风力
平闲亦风流
长夜何冥叹
义忠我所求
生时等尊荣
死亦长优柔
或寄诚独难
身居复何忧

## 杂诗闲谈

平城孤客尽

古筝亦缠绵

千年照陈河

万年倚霜枫

九天揽湘月

秦天似别求

长生长半月

一生似梦愁

## 浮生

春风浮云皆过客

百揽秋山望星河

朝辞暮别风间月

独梦清烟照何园

## 分别·入景题词

人间山河月

听雨问离声

多情应是梦

两轮相依别

## 几宫怀古·江河赋

春景依别相似梦

谈笑一身万古怀

几段山水几场情

几处惜别几梦哀

## 江畔行·早出

早出金城江笑客
别后青山闻仙卧
清边五泉送我出
只待江河换新说

## 雅子赋

青龙之志如巍峨

远山触景想庄河

笑梦堪似别后景

曲罢归人入天泽

## 江山归赋

江山欲待何人主
此先月宴人影松
九天阊阖寻宫影
入梦来日唱雄鸿

## 故乡河边游

江边独步早
怎吾去逍遥
岑边山石绕
白塔立上翘
风起波拍岸
金光映妖娆
雨化独望天
酒钟一逍遥

## 看图题诗

风打秋叶月打蛾
两相依依别后错
再见红霜相映水
怎叫青山跨银河

## 题词

山间泉水绕

林中鸟长叫

红瓦窥绿苔

凤鸣一声啸

石狮立红门

石椅林中耀

复问人生短

几梦亦何朝

# 国之语

迟语换新调
鲲鹏正觉飞
万国归天顺
九州共济朝
乾坤浩天宇
日月丽新天
前朝通故里
新周亿万年

## 千湖亭抒怀

九寻天午回一刻
总笑嫣然万步春
湖公对看千般雪
怎话离别对士宣

## 赠友人书

依别送友人

路半桃花生

尽绿丛中掩

或伊半亲人

回眸千百笑

相舍众别离

久同天北阔

别难亦相云

## 别语

在离别之际送给亲爱的友人
我们在桃花盛开的路上分别
绿意覆盖了彼此的身影
或许只有一半的亲近之感

回首间,我们分享了千百次笑声
经历了离别和别离的种种
虽然我们遥在天涯,久阔无边
相逢也是那般艰难

但愿时光能让我们再次相聚
无论是在别离中还是重逢里

## 现代诗（一）

巧笑下的嫣然

是你无边的诉说

阳光下的回眸

见证你悄戚的梦碎

是谁锁下你心中的柔雾

在那回头的一刻

打湿了衣衫

如斯的你，是那清丽的梦

娉婷的暖，无端的寂寞

瑰丽的混散，是最后一刻的相拥和别后的欣然

再见，我的爱

你是那醉世烟火和永恒的山川

## 游子

春风悄叠起

欣然入梦时

梦中景相调

感怀故时情

长记依别时

他乡追梦程

游子身若客

怎堪梦中行

## 小香追梦

青山无蝶骤清寒
晓梦庄生水映然
华发见苍应如许
但求清梦以变禅

## 倚亭之作

万里层山千里雪
别梦相映半江言
红恋秋影到梦处
只待来时再续闲

## 女子赋

女子尚刚强

才富满经纶

今能入歌赋

明日化衣裳

孺慕皆为兵

男儿将下行

好通未曾勉

乐喻九州享

## 友人问笑

去岁今门笑如仙

昭昭若示百花颜

容色离怯春问晓

怎堪别物日月乾

## 大同

世间悟出道
求此结大同
寰似飞天宇
山河一家亲

## 现代诗（二）

我到人间一趟
求得了真，悟得了空
习得了无垢净，成为了天上人
人生不过三词而已
你好，珍重，再见

## 忆南方作

人事有苍凉
自古由来之
话别悲事伤
顾循亦彷徨
娇梦三千水
倾断于无房
古诗寻做客
愁寐忆湘堂

## 行人路途许

凉风轻拂清如许

行人穿梭亦如陈

举头探天山高远

遍地神明似一人

## 世纪论

世间之法,为爱永生
千山之境,是为大者
古濯苍生,静默相守
即慈而欢,恩施并举
挑映长空,九州忠信
一眼相逐,世间为骤

## 述生日书

遥望去岁此颜中
三十立命为难通
久恐展愿空自叹
只等事归尽天重

## 轩辕赋

临江盼长月，徒步且徐徐
九天安常在，寄趣跨闲凌
四方涂所见，五岳喻清奇
潜龙出升鼎，人生复几居
道是人间短，相盼何安亭
徘徊天地间，四海一何局

## 展月

凌波微步水自汤

潇湘独定断自肠

千分到月清如许

只立银河坐上江

## 江南苑

江南曾见万长安

九江奇水溢湘潭

湍河山耀风流月

只盼江山亦和传

## 喻江亭

清风不得闲
祖江过天边
随风扬四海
听兆一丰年

## 记随想

厉兵秣马
重阳向上
抬头神明
低头故乡

## 君子篇

君子向来著端方
谦色难掩玉枝堂
朝外古今天下事
怎堪君心立我妆

# 空

十年沧海两茫茫

刻舟敛月雨打墙

最是人间来去意

镜花水月须自凉

## 匹夫篇

阳光边塞露,欣然普惠生
感念天地意,任尔证春风
有曲相思近,阔别鸟语铮
匹夫怀有责,报国心终安

# 君子为

君子顾盼
有所为,有所不为
天申之海,跨义苍田
以仁德之心,为公之智者
以矫孟思蜀,存天诚之志
公之道也
或以他问为名,或以躬身自省
为对其利,去以不是出身者利
即以通达者尊兮
无论两者,皆为大和

## 少年客

少时不知身是客
举浊邀杯意中愁
心怀大志挽沧桑
几许沉浮应虚游

## 归客亭记

溪涓流水潺潺雨

月中堪雾云梦间

青山独见归客亭

小雨话别一蓑烟

## 大河之北

大道之路,人间天河
瀑飞千尺,水域八方
崇山巍峨,草木延江
陡壁峭崖,龙山环绕
江河普天,造梦曹波
港岸纵横,飞蛾兽响
湿地横渡,袅袅升腾
青云端行,恋恋可掬
千年古都,万世无双

## 清平·小调

左传清明客

随兼草岭深

同城飞月在

怎别故人还

转化大溪流

前朝兮岳述

明月不知伴

白许复苍头

## 追圣·思忆

青芳归樽话思贤

别处何忧满人间

企盼苍生天地现

愁云消怯圣堂前

# 人生

繁华将退尽

江湖路遥远

沧桑半生过

相看两无厌

抬头三尺神

吴风月下言

青山遥碧望

别意泪去闲

## 唐国篇

青山苍蓝,白驹为过
祈贤忠愿,半路为江
天生地远,阔海辽诚
悠然内觉,朝见千年

## 佳人还

人生有起落

阴阳总相转

临苍东到海

期出佳人还

## 珍宝·奇

晓处柔情何似欢
春风喜化物曾难
玉林八宝难得见
一枝红梅入春来

## 相思吟

小桥流水水自清
凌云拍岸江边行
最是人间相思月
岂等白头朝暮吟

## 君子伴

君子人如玉
佳人世无双
九天云此水
西出无羡堂

## 记夕阳亭下题

残土泥花落九阳
风吹云动百花香
最是光阴似锦时
但求功成富贵祥

# 无题（二）

帮予世界建福临

开展公平企问天

多方建设全情入

世界欢庆大团圆

## 天地赋

举孝于苍生
沉浊于四海
屈歌于九章
倾覆于大同

## 解意·万物

语天经论,但说新语
沉着独步,徐徐图之
万事万物,皆效法理
得天独厚,尘世归薪
一法当令,万物始元
泽天纠义,破纪成乾

## 六月二十日雨夜芭蕉

风打芭蕉雨打荷
思乡沉淀欲断折
天地采撷独一味
烟雨风波又几何

## 持定 · 恭戒

潜心一志

成其自然

张弛有序

遵律得其

以所悟出

得理之见

唯持心定

定得大成

## 似锦篇

幻境之泽

千山为过

举天沧海

般若瞬间

九头沧尺

但为君故

一言遮蔽

身当归处

## 四字真言

世界之大

为爱永生

为诚相依

为汝相尽

守悟相望

千年终成

## 离思

离别故乡成久异
梦短三十如古稀
而今重整烽烟起
青色羁旅浑苍劲
未曾何料长情事
久盼红粉逐相依
日后常伴阡陌里
壶酒挥洒身似轻

## 墨，法，释 · 合同道

万事无见，法墨为空
儒道渐守，释利圆浑
唯有真知，抱拙守一
开山见地，为和相契
行随影转，缥缈若仙

## 通鉴（一）

乐巧治之，以民为稷，福也。
巧乐治之，以民为刍，恶也。

## 通鉴（二）

民之所往，心之所向
有所其理，兼众得所
洗耳倾听，跨山填海
其利断言，鸿遮天涯
八方济挺，威震四方

## 杂谈

故自在，而显
故独断，而怠
故私有先，而天下诚
自诩未者，而不向予
知者行远，见者将近
庐中关户者，齐身不吝也

## 苍璧·松月

寻瑰丽之道

求梦纤之理

画长天之月

成万古之青

## 通鉴（三）

人生在世

以德行为立天之本

取善义成修身之性

养修己为立命之身

## 杂诗(六)

江阴功过言

几目入深蛟

海浪波涛起

阴阳转相律

心知秋风神

虚游莫复陈

采荷悠然处

别依负心人

## 序语

情寄八荒之表
趋于九苍之怀
天道之维
九天之礼
大道至简
则天下为政

## 香道

醇香之道
香之为君者
是为君子乎
长天之仁道
别为相见意
天地浩而广博
为情发于心
止于礼
尤曾出于隽永
此终源于泰然

## 青云上·归泽

自责何如担

随运去时远

只盘青云上

来日无孤闲

## 哲语（一）

思梦尤过，九至回杭
流光独处，现亦彷徨
仁施为政，曲章律法
德道翩然，秋耀为发
外得于人，内得于己
德律展天，思将更尽
其风各异，千里殊同

## 古风·美人颂

磅礴气势卷飞龙
长袍褪地碎天鸿
别树高洁独中立
转身挥洒似惊蒙

## 和同之梦

哲我忧思,取之大同
临豪当天,曲尽客闲
诚然现代,转记天年
千分一瞬,优容世间

## 杂诗（七）

未已天昏之效

处以万古之情

取更悠然之景

承得千秋之事

翩若高台之和

久经风霜之将

巧若幽兰之师

谦谦君子之德

## 治之功用

能者之利,执行之权用也。
用者之行,为与致知之强也。
求行并远,合念感怀之道也。

# 哲语（二）

道有所损

避其之短

兼有所摧

其鉴九天回堂

通幽幽之古今

为仁爱之通达

取严刑之峻法

与九宫章阁

塑高庙闲堂

忖天地之思

纠万里乾长

称当时之过

存义言难扬

追广裹江河

寻历史古长

此乃江山之功过

只道人世之寻常

# 哲语（三）

论君道以争其法

论贤达以成其合

论仁义

忠孝

公平

诚信以喻其真

溢其美

或以天资

施用明道

论奢纵

贪鄙

谗邪

嚣佞

以劝其恶

推其确

实为悲过

鉴以赏罚分明也

## 安乐求同

千千之势,大河之美
有乐行益,若迷行恶
非和无顺,有理当生
取难为易,兮兮是同

## 举江·归燕

平潭余蔽日
举目化自明
江末闲适上
只等燕归来

## 故炊野行

友人相谈故,江青月上行
风澈淡怀夜,极目欲相携
感慨沧宇间,谁人与欲知
迢迢山水色,极目天地间

## 空谷

耳似空谷投音区
具谢则留不相与
心如沉水空无着
具物两忘不足惜

## 修身篇

享图未得修业

锻造沐浴虔诚

贪受沉为众桎

清念故释幽怀

## 哲语（四）

地势千仞，珠玉则成
百花端放，草缺难形
交朋结友，真如协志
求心问世，启命达观

## 哲语（五）

请天之肆，独醒千贤

诚则之谈，鹤问独沾

求天祈愿，言归仙谈

古以归责，自达真性

无羁所欲，以臻圣境

悄然回妙，然出天地

曲天章法，通训玄极

## 道记

人坐者，不坠青云之志
人立者，恰若饮淡如菊
无我之忘境达意，通天之乐意为成
曲解于无意流淌，回眸于午脉虚乡

## 哲语（六）

四用于沧海，九章于取懿
或心为谦，或精为潜
不用扶出，即成大愿
但生于何年，举经是桑田

# 君子记（一）

故君子风雅之躯
佻然事外，举心强念
遇会殊卷，吾儒善天
舟知不惧，故为人事
遂以时日以相叙
故以风月乃相惜

# 君子记（二）

君子故

谓之诚然

取之大昭

寄苍古悠怀

念天地虔思

取幽幽千古情怀

入揣揣天下苍生

厚之惠德

诚然相悟

# 君子记（三）

德业有容

仁能善断

春惜种土

秋收衰忙

是谓君子具事有章

明鉴得长

才情高溢

终谓直强

## 君子·合德而成

君子为人,视乎为道
此法天然,断性而造
敛心内气,沉着戒定
出行有礼,入室虔宁
形神有度,知理或拘
张弛具载,千年归训
以德御才,气节万长

## 云隐·清风

露叶千影，归松欣然
风驰云逸，角霜微寒
百乐其善，闲天雅意
佩光烟鸣，妙趣凌鸾
坞泽湘水，鸟任其潺
涓涓细水，转户天然

## 古梦千年·离月

天涯萧离,执手当月

凝一轮皓月当空,跨一曲清江对月

风起云涌,水梦相连

仰悠悠之在天神灵,合寂寂之万古尊年

岁以时日,节赏轩辕

以我之悠思,叩问抵千年

# 训言(一)

十钟之书以昊天
九章传法得训贤
正曰天肆,承象太和
取意将未,忠正不已
新成之势,万众哲诚
智取时代,敬物之效
德天地之气承广合
论昆仑境地以长须
悟此道也

# 训言（二）

岁月将近，生民毋须

命本自造，端者自清

为天地幻境以诚然

伴雪月风花亦自闲

求身定者观自照

幻幽虚者亦经纶

事为广度，皆定乾坤

## 江畔月遥

天涯遥望相似夜

红尘江畔雨亦闲

曲水著知千般雪

回首香闺月故怜

## 杂言

全然之境,萧然之躯
浮名利禄,劳苦忧心
品玄中虚,乐尽真谦
待到人间,烟火重年
竭诚之势,执手相连
增益御成,孺子相能
世界之大,为爱永生
天下悠仁,半路为神

## 江阴之韵

具恢扬之势
图九世绵长
佳音似柔水
取势伴河长

## 瘦马曲

相逢何必曾相识

曲终人尽久别宽

只晓春分亲瘦马

独领江清月下还

## 贤语

即光虚德

即爱永生

汝情相溢

醉心相守

## 青龙

九上青龙可摘月
下地为茫定乾坤
几所何悠君似故
沧海茫茫百年辰

静中思悟，恬淡本然
风平浪静，识人生之真义
角木声希，体人性之本味

权威智识
达我之境
无我自观